El mundo es así

Lada Josefa Kratky

T0045479

NATIONAL GEOGRAPHIC LEARNING | CENGAGE Learning®

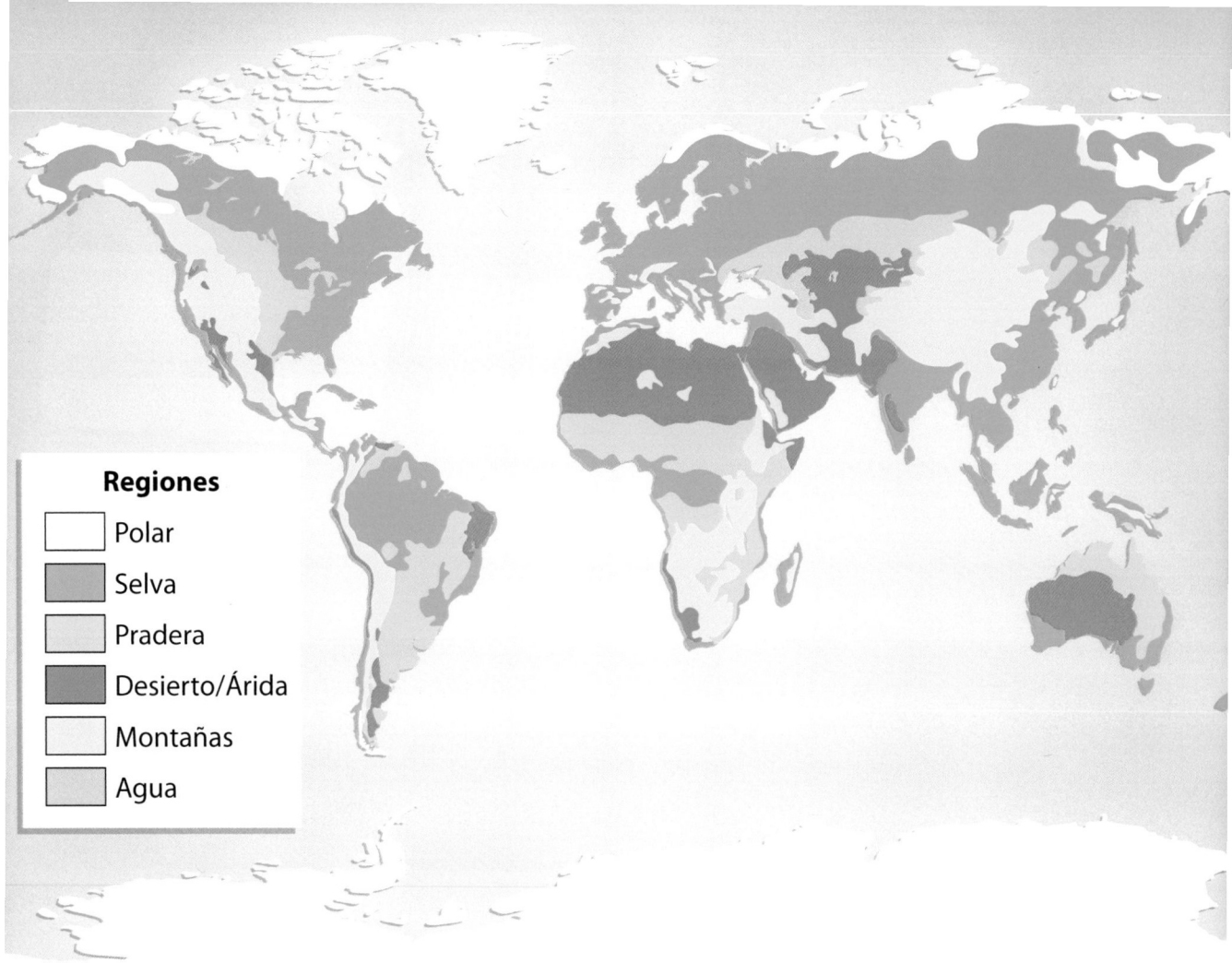

En este mapa del mundo, verás distintos colores. Cada color es importante. El blanco indica una zona muy fría. El azul indica agua.

El oso polar vive en las zonas frías del norte. En las del sur, vive el pingüino. Además, muchos otros animales viven en las zonas frías.

Desierto/Árida

Hay además zonas secas llamadas desiertos. En este desierto hay cantidad de arena y poca agua. No hay plantas.

En el desierto hace frío de noche, pero mucho calor de día. La gente se tiene que proteger de los rayos del sol.

En la selva hay árboles altísimos. Sus ramas no dejan pasar los rayos del sol. Por eso, bien abajo casi siempre hay sombra.

La gente que vive en la selva come lo que la selva da. También sus casas se fabrican con lo que la selva da.

Este es un tipo de pradera llamado sabana. En la sabana crece pasto. El pasto alimentará el ganado de la gente que vive allí.

Pradera

Pradera

A este tipo de pradera le llaman pampa. El pasto crece bien aquí. La pampa es ideal para el ganado. Aquí el ganado tiene todo lo que necesita.

Montañas

Esta es una zona montañosa. Para poder cultivar la tierra, la gente hace terrazas. En estas terrazas se cultiva arroz.

Para hacer terrazas, hacen falta piedras. Estas se usan también en las casas. Este muro está hecho de piedra.

Cada círculo negro del mapa indica una ciudad. Quizás a la gente de la ciudad le guste visitar lugares como desiertos, selvas, praderas y montañas.